U0112703

通州志略卷之三

郡人楊行中纂輯

漕運志

《禹貢》等貢賦而序水道漕運之制，其來尚矣。蓋軍國之計，惟此爲重，而分儲兑貯，於通有分焉。是用紀之，爲漕運志。

漕渠

外漕河，即潞河也。流經州城東，至天津接御河，以南通江淮，舳艫由此而達，《元史》所謂「通州運糧河，全仰白、榆、渾三河之水，名曰潞河」是也。榆河即今富河之上□□渾河。今在州城之南，相去潞□□□，不知當時何以會同也。

河設淺置鋪，以時挑浚河道，指引河洪。東關葦子廠淺，趙八廟淺，花板石廠淺，供給店淺，白阜圈淺，白阜圈下淺。

已上係通州地方軍淺。通州左等四衛僉撥軍夫，每淺十名。

荆林淺，南營淺，盧家林淺，里二寺淺，王家淺，馬房淺，楊家淺，和合驛淺，蕭家林上淺，蕭家林下淺。

已上係通州地方民淺。州僉民夫，每淺十名。

長陵營淺，老河岸淺，馬頭店淺。

已上係漷縣地方。

土壩一處，在州東城角，防禦外河。通倉糧米，就此起載。土壩剥船一百五十隻，船户一百五十名。自張家灣起剥到土壩，每糧一石脚價銀六厘五毫。石壩剥船（石壩在裏漕通惠河，而剥船在外河，故附於外河下。）一百八十隻，船户一百八十名，亦自張家灣起剥，至石壩過剥。每糧一石脚價亦六厘五毫。

外河官糧剥船，嘉靖年來始置。正德以前，運船至五月以後，俱到通州城下，自城東北角停

泊，迤邐而南七八里許。挨次於東關廂起車，無欄河委差之擾，無起剥脚價之費。近因三四月間，河常水淺，始置外河剥船。若河淺，起剥亦權宜之利是也。及河至五六月，水必湧漲，運舟可以長行，仍令照舊，俱至通州城下。通糧就船起車，京糧船令至城北角，就近石壩起剥，則剥價可省，而運軍甚便。今置有欄河之官，乃不論水之深淺，運船可否通行，一概欄阻，通令自灣起剥，其故何哉？

車户一百五十名，自土壩起糧，至中東倉，每

百石脚價銀一兩一錢。至西倉南門北門、南倉東門，每百石脚價銀一兩二錢。至西倉西門、南倉北門，每百石脚價銀一兩三錢。

裏漕河，即通惠河也。河之地方，雖半屬在京大興縣，然河運事務，俱隸通州户工二部分司總理，而委用管閘管壩，俱通州各衛之官，經紀、水脚之役，則京通人互充，而通人居多。一河之事，通用紀之。

石壩，（在州舊城北門外，嘉靖七年建。）通流閘，（在州城中心。船運不行，惟時蓄洩以助內河之水。）普濟閘，（在通流閘西二十里。）平津下閘，（在普濟閘西十三里。）平津上閘，（在下閘西四里。）慶豐下閘，（在平津上閘西十一里。）慶豐上閘，（在下閘西五里。）大通橋。（在京城東南角以東一里許。）（已上橋閘，俱元時建。）

每閘剥船六十隻，經紀六十名。普濟、平津上下、慶豐上下五閘，共剥船三百隻，經紀三百名。每經紀一名，領船一隻，看管修理。每糧一石脚價銀二分一厘一絲八忽二微。水脚，五閘每閘十七名，石壩三十六名，共一百二十一名，搬抗糧石。每糧一石脚價銀九厘一毫三絲九忽一微。

御史吴仲曰：「臣謹按：通惠河，即元郭守敬所修故道也。入國朝百六十餘年，沙衝水擊，幾至湮塞。但上有白浮諸泉，細流常涓涓焉。成化丙申，嘗命平江伯陳鋭疏通，以便漕運。漕舟曾直達大通橋下，父老尚能言之。射利之徒，妄假黑眚之説，竟爲阻壞。正德丁卯，又嘗命工部郎中畢昭、户部郎中郝海、參將梁璽復疏通之。所費不貲，功卒不就。其勢雖壓於權豪，要之，三人者亦不能無罪焉。嗣是，屢有言者，多不得其要，空言無補。嘉靖丁亥，臣巡視通倉，往來相度，因見水勢陡峻，直達艱難，踵御史向信之言，爲搬剥之説。向信疏見《通惠河志》。恭遇皇上神明，言入即悟，賢宰相實力贊之，隨命臣暨工部郎中何棟、户部郎中尹嗣忠、參將陳璠同往修之。工興於戊子二月，告成於本年五月，不四月而糧運通行，上下快之。是年所費纔七阡兩，運糧二百萬石，所省脚價十二萬兩。功完而命臣供職如舊。又逾年而始得代。初年止運軍糧，今則并民糧亦運之。要之，水能行舟，舟能負重，所謂多多益善，斷乎無不可者。其有所不可者，乃治河者之罪，非河之罪也。但地形高下，不無衝擊之患，歐陽玄所謂『勢如建瓴，壹蟻穴之漏，則横潰莫制』，誠如是言也。

隨時修浚防守之功，尚有賴於後之臣工焉。」

通惠河之運，其説久矣。御史吴仲卒主其議，仰賴天子明聖，獨斷於上，廟堂輔弼諸臣，協贊於下，竟底於成。歲省不貲，而京儲爲賴。益以兆國家靈長之運，而建此千萬世不可易之良圖也。然經理於前者，已有畫一之法。後能守而勿失，則可久而不廢矣。事簡則民稱便，法繁則弊易生。當事者留意焉。

倉廠

大運西倉，在舊城西門外新城之中，俗呼大

倉。永樂間建。廒九十七連，三百九十三座，計二千一十八間。囤基八百四十四個。内有大督儲官廳一座，監督廳一座，各衛倉小官廳六座，籌房各二間，井二口，各門攀斛廳各一座，西南北三門各三間。

大運中倉，在舊城南門裏以西。永樂間建。廒四十五連，一百四十五座，計七百二十三間，囤基二百二十二個。内有大官廳一座，東門攀斛廳一座。南北二門内各有增福廟，前接一軒，作攀斛廳。各衛倉小官廳五座，各籌房二間，井一口，東南北三門各三間。

大運東倉，在舊城南門裏以東。永樂間建。廒一十五連，四十一座，計二百五間。囤基一百八個。內有神武中衛倉小官廳一座，攀斛廳一座，神南右北三門各一間。

大運南倉，在新城南門裏以西。天順間添置。廒二十八連，一百二十三座，計六百一十五間。囤基二百九十二個。內有各衛倉小官廳四座，籌房各二間，各門攀斛廳各一座，東北二門各三間，內板木廠一處，門一間，官廳一間。每年收貯各運松板楞木，專備鋪墊各廒用。

曬米廠一處，在新城外西南角。向北門二座。周圍墻垣，計地五頃六十畝。

東黑窑廠，在城東南八里。先年，領價燒造磚瓦，以備修倉之用，則不惟費用不貲，且多逋負。自嘉靖□年間，將官□船順帶磚料，除收發外，其□□□修倉取用，則費省而事便。

西黑窑廠，在城西南二十里許。昔嘗燒造磚瓦，緣土性粗惡，今亦停止。

土坯廠三處，東坯廠在舊城南門西，南坯廠

在新城南門西，北坯廠在新城西門北，俱有官地打造土坯，修倉應用。

糧額

漕運糧儲，每年四百萬石，正兑京倉七分，通倉三分。除京倉不計外，通倉收糧一百四十五萬六千六百二十石，内粳米一百一十七萬八千三十六石，粟米二十七萬八千五百八十四石，改兑京倉四分，通倉六分。

國家設大運倉於通州，祖宗朝寓意深矣。近日，有議者曰：「通州兵力寡弱，城難爲守，而倉糧厚積，適以資寇，欲將通倉革去，漕儲盡歸京倉。」是何不思之甚也！夫慮其兵寡而守難是也，然不思爲足兵之計，而但爲去食之謀，是患其難守而遂弃其守矣。通州可弃也，寧不爲京師計哉？夫國之建國，猶人之置家也。人家必重垣峻壁，而後堂室可安。其居堂室完矣，而垣壁可以爲久安乎？故漢有三輔，唐有四輔，皆所以捍蔽京師。置輔必置兵，置兵必聚糧，理勢必然也。今之議者，皆知爲京師重矣，而乃不思爲捍蔽之計，何其昧之甚耶！考之前史，金元俱建都幽燕。金於通州置豐備、通積、太倉三倉，元更置十三倉，皆以其地逼近都闕，俱屯重兵以爲藩衛，是以多建倉庾。國初於通設鎮守，亦屯重兵，倉場之設，非無謂也。往年，每遇邊方有警，及腹裏流賊爲患，則出京軍以戍通州，就倉食粟，故通州自來不罹兵患。通州安，而京師亦安矣。通州當重爲兵計。愚於《兵防志》已備言矣。然倉廩實而後武備修，食不足而欲足兵，難矣。通倉可輕議革哉？御史吴仲亦嘗建言，以爲在京各衛官軍來通，關糧或被官吏冒支，或被行伍騙匿，或子侄不肖而花費，則空手而回，或陰雨連旬而放遲，則盤纏過半，亦欲將通糧盡歸於京，以便關給。然不知所謂京軍者，未必盡是在京居住之人，而通州四境，百里内外，住者多京衛官軍也。官吏行伍之冒騙，子侄陰雨之費累，雖關糧於京亦如之，何必通州哉？此不足慮矣。仲又以爲通州密邇密雲等處關塞，胡虜輕騎疾馳，旋日可至。或據倉廒，或肆燒毁，國儲一空，京師坐困矣。此即前資寇之説也。户兵二部會議題覆，以爲通州京輔之地，兩城夾固，居集萬家，守以五衛，亦當積蓄，以安人心，不宜過慮，自起疑畏。此蓋集衆思以定議見之誠是矣。仲又謂通倉如徐德等倉故事，其初只有神武中衛小倉而已，後因漕運來遲，暫將京儲收貯通州，以待轉般，因循既久，遂爲三七定例。此不知何所據而爲言也。夫大運中東西三倉，皆永樂時建置。建都即建倉矣，則三七分貯，其來久矣。仲所謂因漕運來遲，暫將京儲收貯通州，然不知何年月日來遲，□□糧暫貯何處。謂因循既久，遂成三七定例，亦不知定於何時。然皆無據之言也。要之，國家建都兩

京，中間相距三五百里，間置倉場，皆非漫爾爲之。均之，不可輕議也。此係軍國大計，故不惜其言之贅焉。

設官

内總督，宣德年間設太監一員，總督倉場。正統間，添設一員或二員提督，後爲常例。嘉靖十四年，言官上疏户部，查議裁革。

内監督，正統元年設太監監督倉糧。景泰以來，又設一員或二員。至正德間，陸續添置十七八員。嘉靖初，裁革，止留二員。嘉靖十四年，盡

行裁革。

外總督，宣德間設通政一員，總督糧儲。正統元年，令南京户部侍郎一員提督倉場。正統三年以來，令本部侍郎或尚書總提督京通倉場糧草，提督修倉，工部左侍郎一員，領敕修倉。往年常出巡通州，近惟在部代管。

巡倉御史，景泰二年設，差一員，專管通倉。其京倉，巡視東城御史帶管。嘉靖七年，改屬一員，加以提督字面，巡歷京通二倉。□□□敕會同巡倉御史□□□□監督主事四員，專掌收放糧□，禁革奸弊。協助進士每年□□□□户部量差辦事，進士三四員□□收□糧完回部。修運倉主事一員，常在通州住劄，三年一換，係註選，專管修理大運各倉。

經歷，宣德間設，六員：通州衛一員，通州左衛一員，通州右衛一員，神武中衛一員，定邊衛一員，武清衛一員。至嘉靖八年御史吴仲奏革，止存三員。通州衛帶管武清衛倉，通州左衛帶管通州右衛倉，神武中衛帶管定邊衛倉。

倉副使，共二十二員，經收糧斛，周歲任滿。守支攢典，共二十二名，周歲役滿，起送吏部，冠帶回倉守支。此於通州等六衛倉，分爲二十二官下。每一官下，副使、攢典各一員名，故各二十二員名，此爲見任，餘各爲守支。□□□□□通州衛指揮一員，通州右衛百□一員。

置役

甲斗，每一官下每年額僉通州等六衛軍□□□五名，應當看守錢糧。

歇家，每一官下額設一十五名，共三百三十名，□管包囤糧米進廒，修理倉墻。小脚，每一官下額設五十名，共一千一百名，專管抗糧倒囤。□□無定數，俱於近倉居住，軍民聽坐糧員外□□。

鋪軍，二百八名，係通州等六衛正軍内□□□□，墻外守鋪，晝夜巡邏。

倉門守把官軍，宣德九年，户部奏行吏部取□□事官，兵部取撥致仕。軍官守把，計四倉共□□，每門各二員。老軍餘丁，共十名，一年一换。辦事官，半年一换。嘉靖九年，御史吴仲奏改各倉官攢各一員名，軍斗八名。守把，先年三月更换，今每月一换。

修倉官軍，四百五十員名，通州衛十八名，通州左衛二十七名，通州右衛六十九名，神武中衛一百零八名，定邊衛八十五名，營州左屯中屯前屯後屯四衛，每衛二十四名，興州後屯衛一十三名，密雲中衛二十四名，涿鹿左衛二十名。每年額修倉廒五十五座，如有損漏，隨時修葺者，不在此限。修倉軍夫做工八月，至冬寒沍，難以興作，則令辦料四月。

關支

每年除正、六、七、八、十、十一月，於京倉放支外，其二、三、四、五、十月，俱於通倉放支。九月、十二月，於太倉庫放銀折糧。如太倉缺銀，通倉粳米放支。其關糧衙門在京者：錦衣衛、武驤左右二衛、騰驤左右二衛、府軍衛、府軍左右前後四衛、金吾右前後三衛、旗手衛、燕山衛、燕山左前二衛、龍驤衛、豹韜衛、濟州衛、大寧中前二衛、忠義右前後三衛、會州衛、神武左後二衛、牧馬所、大興左衛、鎮南衛、富峪衛、義勇衛、武功右衛、留守左右中前後五衛、羽林左右前三衛、義勇左右前後四衛、興武衛、應天衛、永清左右二衛、武德虎賁二衛、和陽衛、犧牲所、蕃牧所、寬河衛、驍騎衛、蔚州左衛、彭城衛、神策衛、鷹揚衛、武城中衛、濟陽衛、瀋陽左右二衛、虎賁左右二衛、龍虎衛、光禄太常□□□□□□□□□馬御用司禮内官□□監供用庫、巾帽、織染二局、織染所、兵仗、銀作、針工三局、承運庫、雍府大軍、御馬二倉、太平庫、寶鈔提舉司、都税司等衙門、申

府教坊司、長安等四門、西城坊草場、通州衛，在外者：通州左右二衛、神武中、定邊、武清三衛、通州合屬營州左屯中屯後屯三衛、通州左等衛、修倉密雲中衛、張家灣税課司、北草場倉、張家灣批驗所、鄭家莊、金盞兒甸、壩上東、壩上南、壩北、壩上北馬房、壩上、南石渠、浖石橋峪口、官莊峪口、張家莊、南石渠西，共一十二倉。北草場、北高倉、興州後屯前屯二衛、浖石倉、義合、吴家橋二倉。

通州志略卷之三終

通州志略卷之四　郡人楊行中纂輯

貢賦志

上之所取謂之賦，下之所供謂之貢。有田則有税，是謂則壤之賦，有家則有調，有身則有庸，是爲夫家之征。其或榷商税店，罔非因時制宜。蓋經國必資乎民，而裕下乃安乎上。是用紀之，爲貢賦志。

户口

州户三千八百九十六，口一萬八千五百七。

三河縣户二千八百三十二，口一萬八千七百二十二。

武清縣户三千三百三十，口二萬七千六百九十七。

漷縣户五百有奇，口四千有奇。

寶坻縣户三千六百七十八，口三萬二千三百四十五。

田税

州

官民地，三千一頃三十五畝九分五厘七毫，□□官地，三十一頃一十三畝五分五厘，每畝八升□□□□勺起科。

民地，二千八百七十頃二十二畝三分九厘十毫，舊則，每畝五升三合五勺起科。

輕則，民地三十三頃二畝，每畝三升三合起科。

夏税小麥，九百六十五石二斗三升二勺四抄八撮三圭一粒。

秋糧粟米，二千二百六十八石九斗七升四合二勺一抄二撮一圭五粒。

馬草，八萬四千三百一十二束六分九厘二毫九絲五忽。

農桑絲，折絹五十二匹二尺二寸四分二毫五絲，人丁絲，折絹二百三十匹。

户口、食鹽錢鈔，起存中半，共三萬七千五百八十三貫。先年民間出辦，於正德初年，老人王興因灾傷奏，行令張家灣賣鹽牙行出辦。

地畝花絨，二百五十七斤一十四兩四錢七分六厘。

五衛屯税

衛有屯地有屯糧，然地有原額有新增。原額

每畝征糧一斗二升，米豆中半，每米一石折銀六錢，黑豆一石折銀四錢五分。永樂間括出地土，謂之新增，每畝征銀一錢。各衛管屯指揮征完，解赴薊州管糧户部衙門，驗發薊州貯庫，以備邊需。惟通州衛原額本色米豆，解州城大運倉交納，新增折銀，解部太倉庫收貯。

通州衛原額屯地，六百一十二頃九十二畝九分有奇，歲辦黑豆一千九百三十八石有奇。新增地，四十三頃九十四畝，征銀四百六十一兩七錢八分。

通州左衛屯地，舊額新增，共一百五十九頃六畝，每年征子粒銀六百一十七兩七錢五分。

通州右衛屯地，舊額新增，共九十九頃三十五畝六分，每年征子粒銀五百六十七兩三錢五分。

神武中衛屯地，舊額新增，共一百五十二頃二十六畝九分有奇，每年征子粒銀七百四十八兩三錢八分。

定邊衛屯地，舊額新增，共四百七十一頃九十九畝七分有奇，每年征子粒銀一千六百八十七兩四分。

三河縣

官民地，三千三百四十八頃六十五畝八分。

夏税小麥，六百六十四石八斗九升六合六勺。

秋糧粟米，一千五百六十七石五升一合四勺三抄三圭五粒。

馬草，九萬六百五十四束九分六厘四毫九絲七纖。

農桑絲，折絹九十五匹一丈一寸四分五厘五毫。

人丁絲，折絹四十四匹二丈八尺五寸。

地畝花絨，四百二十三斤八兩四錢六分四厘。

興州後屯衛原額屯糧，一千四百五千二石三斗一升。

營州後屯衛原額屯糧，六百六十三石五斗四升一合。

武清縣

官民地，二千七百四十三頃四十八畝四分四

厘四毫。

夏税小麥，八百七十石一斗四升一合六勺二抄三撮六圭四粒。

秋糧粟米，二千二十五石四斗八合四勺五抄五撮一圭六粒。

馬草，九萬一千四百二束六分六厘一毫。

農桑絲，折絹四十二匹四十七分五厘。

人丁絲，折絹一百二十四匹一丈八尺。

地畝花絨，二百一十斤六兩六錢。

武清衛原額屯糧，一千九百伍石五斗二升八合一勺。

漷縣

民地，一千三百三十七頃三十八畝四分九厘一毫。

夏税小麥，六百九十四石九斗五升一合五抄五撮三圭。

秋糧粟米，一千九百六十二石二斗三升四合一勺二抄七撮七圭。

農桑絲，折絹六十一匹一丈五尺。

人丁絲，折絹八匹二尺一寸五分。

地畝花絨，三十六斤八兩。

馬草，四萬三千五百三十四束三分二厘。

户口鹽鈔，三萬四千八十一貫。

寶坻縣

官民地，八百六十一頃六十三畝□分五厘二毫四絲。

夏税小麥，四千六百二十三石五斗四升五合五勺三抄七撮四圭。

人丁絲，折絹三百二十三匹。

官民田地，二千二十頃四十七畝三分五厘五毫六絲。

秋糧粟米，一萬八百四十一石七斗七升二合九勺二抄六圭。

稻米，五十三石五斗。

稻草，一千束。

穀草，一十九萬八千九百六十七束二分一厘五毫六絲。

農桑絲官民地，四十二頃五十一畝五分。

農桑絲，折絹一百六十二匹二丈七尺八寸九分二厘六毫。

地畝花絨，三百三十九斤一十五兩五錢六分。

徭役

地辦稅糧，人應徭役，賦稅常制也。通州境聯京師，百姓鬻田，多歸之豪貴。惟夏秋二稅承納不□□□□□□□□□□□□□□□□□□□□通民所以爲困也。嘉靖十九年，京兆尹□□奏行，以人丁辦力役，地畝應銀差，每地一頃征銀七錢八分，永以爲例。州力差六十三項，准銀二千七百六十九兩一錢。力差雖以人應役，仍量役編銀，給爲工食。銀差一十七項，該銀一千六百三十八兩二錢六分二厘五毫。銀差惟徵銀輸□□，各衙門自募人役。

三河縣，力差銀，一千八百五十三兩三錢二分九厘，銀差銀，一千二百五十兩四錢六分一厘三毫。

武清縣，力差銀，二千五百六十五兩五分，銀差銀，二千五百一兩九錢七分。

漷縣，力差銀，五百六十四兩一錢，銀差銀，七百二兩八分五厘六毫。

寶坻縣，力差銀，三百六十四兩八錢一分二

毫，銀差銀，三千五百九十一兩六錢二分五毫三絲一忽。

馬政

每養馬一匹，免征糧地五十畝。每里置□長一人，醫獸一人，以司牧養。州縣專設佐貳官一員領之。

州寄養馬，一千七百八十三匹。

三河縣寄養馬，二千一百四十九匹。

武清縣寄養馬，一千七百四十五匹。

漷縣寄養馬，七百八十四匹。

寶坻縣寄養馬，二千四十九匹。

國家以地制馬。每養馬一匹，免征糧地一半，其法未嘗病民也。乃今兩畿及河南、山東之民，困於種俵，而順天州縣，疲於寄養。言及馬政，民未有不疾首蹙額者也。然方其馬之解俵於太僕也，龍驤虎躍，真可以却强胡而寄死生。一發於百姓之寄養，則已傷殘十之三四，再兑於官軍之騎操，而摧折過半矣。賴以爲用，能幾何哉？然則馬政之在今日，欲使不病民而軍得實用，將如之何而後可也？

課　程 協濟附。

稅課局額辦鈔，六萬六千八百六十二貫三十文。本州官吏折俸及往來節使紙札支用。

店房鈔，四萬八千四百八十貫。□解赴内府□財庫交納。

按：治房屋債鈔，三千四十六貫五十六文。

鹽牙行銀一千兩有奇。牙行五名。每年商人掣運引鹽大約五萬二三千引。憑牙行發賣，每鹽一引出稅銀二分一厘六毫。

州城并張家灣猪牙行屠户，每歲額辦猪鈔銀，三百餘兩。買辦下程雇覓車輛人夫等項，應付往來使客支用。

州城并張家灣各色牙行，每年辦納牙行銀一

千餘兩。買辦下程等項，應付往來使客支用。

協濟銀，一千三十六兩九錢七分三厘六毫。係霸州、固安等處協濟本州河下進貢，并高麗、女直夷人車輛人夫支用。霸州銀一百三十五兩，固安縣銀一百兩，東安縣銀二十二兩六錢，文安縣銀五十七兩六錢，大城縣銀五十七兩六錢，香河縣銀三十五兩七分五厘，武清縣銀一百八十兩，平谷縣銀八十四兩一錢七分，寶坻縣銀原六百兩，至嘉靖十年，改銀三百六十三兩七錢二分三厘六毫。

通州，路當南北要衝，東通薊州、遼東等處，南有歲獻，北有諸夷時貢。舟車夫馬廩餼費爲不貲，且持節往來之使，月無虚日，而一日五七至者常有之，故令簡僻州縣約爲協濟，所以劑量繁簡，均平勞逸也。但地僻者當思衝之苦，而事簡者每體繁之難。徵解以時，務使濟得實用，而受人之協濟者，亦當知財賦之艱。是皆以一處之民天下之民爲心也。敢以告之當事者焉。

三河縣，每年税課銀五十二兩二錢。

武清縣，代辦税課局、河泊所各色税課，共鈔三萬六千九百六十五貫一百五十五文。

漷縣，每年税課銀二十四兩。

寶坻縣，税課銀無。協濟通州接遞夫銀，七百七十七兩六錢。

雜賦

州

雜皮二百一十張：綿羊皮、山羊皮、白硝皮、粉獐皮、家猫皮、猪獾皮、粉羊皮。

雜翎五千二百五十根。已上皮、翎二項，俱均徭銀折納。

太常寺取用：純色牛犢、鹿、兔。

光禄寺取用：擠乳牛、拽磨驢、馬蘭根、粽菜、猪、羊、鷄、鵝。已上二寺取用，俱派里甲辦納。

供給通州左等四衛成造軍器物料：青綿布、白綿布、生漆、魚鰾、白錫、熟鐵、鋼鐵、銀硃、黄丹、麻苧布、白麻。已上物料，俱三河等四縣解銀到州，轉發四衛辦造。

光禄寺取用：造酒杏仁、包麯紙、榛子、紅棗、蘑菇、土堿，醬麵、造油芝麻。

欽天監取用：燈油、木炭。

翰林院取用：仿紙、筆、墨。

吏兵二部取用：謄黄榜紙。

舉場取用：椽子、懶竿、葦箔、木炭、木柴。

已上順天府行州，於在城及張家灣居住軍民，僉充鋪户買辦解納其役，謂之鋪行差役。查得永樂十三年十一月南京户部尚書夏欽奉太宗皇帝聖旨：那軍家每在街市開張鋪面做買賣，官府要些物料，他怎么不肯買辦。你部裏行文書，着應天府知道。今後若有買辦，但是開張鋪面之家，不分軍民人等，一體着他買辦，敢有違了的，拿來不饒。成化十二年正月内南京户部奏，要將上元、江寧二縣鋪户，今後十年一次清理。題奉太宗皇帝聖旨：是。這京城内外，不拘有免無免者，要照依委官，從公取勘出來，一體當差，不許徇情作弊，亦不許勢要之家，妄告優免。概給票帖，不許靠損貧難。如違，許被害之人赴巡城御史處首告，治罪不饒。正德四年十一月内户部題奉武宗皇帝聖旨：是。着從公取勘，重新造册，不許官民人等，妄行奏告，希圖優免，靠損人難，違了的，治罪不饒。觀此，則是役也，大抵如户工二部招商之例。初則借辦於民，後仍估值給價。原係在京各衙門需用，皆宛、大二縣居人辦納也。不知何時乃攀及通州。初亦一時暫借，後乃遂爲常例。厲階一生，至今爲梗矣。然宛、大之人，於在京各衙門爲附近，其事體亦俱備知，其人情亦俱稔熟，就近乘便，集事不難，事完皆得領價，所費得償，不至大爲負累也。通州去京四十餘里，人情事體，迥不相通。解户到京，未免轉付之。各衙門積年攬納之人，勒索多端，應一而費十也。及事納完，冀欲領價，而往返百里，伺候爲難。縱使得領，則所得不償所費，得一空批迴銷足矣。破家蕩産者，前後相望，竟不知領價者何人，亦不知價終給否也。然每十年科道審編也，造册發州，定有等第。遇差輪序撥充，若能依册而行，民亦不擾。然往往册發州縣，所司置之高閣，遇有取差，則令地方總甲臨時亂報一差，而騷擾百十□□□而□及十數户，是以通州之人畏鋪役□□等第，酌量編僉行之，今二載矣。差不廢□，民不覺擾，上下便之。噫！厲階既久，蒂固根深，去之□難也。而政在方册，舉而行之，亦通變宜民之□，如之何其不能行也？

三河縣

鵝翎三千五百五十根，胖襖三十六副。

武清縣

皮翎三萬四千八十二根張，雜皮一百五十七張，羯羥羊皮五十七張，獐皮一百張，雜翎三萬三千九百二十根。

漷縣 無

寶坻縣

銀魚，每歲霜降，則銀魚自海溯流而上。縣設大□，薊州一州，寶坻、玉田、豐潤、三河、梁城一所，僉□□一百七十名。每歲中官下廠督捕進貢，或六次，或七次。獐皮八十四張，羊皮二十張，□襖、□鞋二十六副，雜翎□□□。已上皮翎，俱折銀解納。

軍器

軍士出，需歲造軍器。各衛多寡不等，管局指揮監督。完日，俱解後軍都督府，轉解工部交納。嘉靖二十年，詔免打造，止每年征銀解納。

通州衛，軍器無。

通州左衛，額辦軍器料銀一年九十兩。

通州右衛，額辦軍器料銀一年一百八十兩。

神武中衛，額辦軍器料銀一年一百八十兩。

定邊衛，額辦軍器料銀一年一百八十兩。

驛傳

驛傳之役，陸路以馬驢，水路以舟，俱計糧編設。驛：　上馬一匹，編糧三百五十石；　中馬一匹，編糧三百石；　下馬一匹，編糧二百五十石；

騾一頭，編糧一百石；驢一頭，編糧五十石。站船一隻，編糧四百五十石。遞運所：紅船一隻，編糧如站船；上車一輛，編糧如下馬；中車一輛，編糧二百石。今見行之制也。

潞河驛：（係水馬二站。）上馬九匹，馬夫九名，鋪陳、什物各九副。中馬三匹，馬夫三名，鋪陳、什物各三副。下馬十八匹，馬夫十八名，鋪陳、什物各十八副。騾二十七頭，騾夫二十七名，鋪陳、什物各二十七副。驢三十五頭，驢夫三十五名，鋪陳、什物各三十五副。站船十六隻，水夫一百三十六名，鋪陳三十二副，什物十六副。貼站軍夫三十三名，館夫五名，斗級一名，鋪陳庫子四名。

和合驛：（係水站。）糧僉站船十隻，甲夫一百名，鋪陳、什物各十副。改撥站船六隻，甲夫五十一名，鋪陳、什物各六副。丁僉館夫二名。

遞運所：上車四輛，牛二十隻，牛夫二十名。中車四輛，牛一十六隻，牛夫一十六名。下車六輛，牛十八隻，牛夫十八名。紅船三十一隻，鋪陳、什物各三十一副。水夫二百九十一名，防夫八十四名。

瓊臺丘氏濬曰：「今制，凡天下水馬驛、遞運所，遞送使客、報軍情、轉運軍需之類，沿途設馬驢、船車、人夫，必因地里要衝偏僻，量宜設置。其衝要處，或設馬八十匹、六十匹、三十匹，其次，或二十匹、十匹、五匹。大率上馬一匹，該糧一百石，中馬八十，下馬六十。其僉點人夫，先儘驛所近民，如不及數，取於鄰郡民户。糧不及數者，衆户輳數當之。民於常役之外，而又加此役，承平日久，事務日多，而民力亦或因之以罷弊。乞俾所司將事務之當給驛者，定其等第，編次爲一書，頒行天下。藩方非此例也，不許擅起發下。天下驛遞非此例也，不許應付。」瓊臺此言，蓋當弘治時事也。當時上馬一匹，糧止一百石，今加至三百五十石，中下二馬，皆加三分之二有奇矣。濬已慮其民力因以疲敝，使見今日之役，不知當何如爲慮也。其意欲將事當給驛者，定其等第，編次爲書，頒行天下。今藩方不得違例起發，驛遞不得違例應付。其意甚善。但今起發應付，在藩方驛遞，豈無定例？其誰不知？言官屢以爲言，該部常以爲禁，朝廷詔旨數數戒嚴，然皆公肆犯之，略不相忌。民日窮而弊日甚，奈之何哉？然則驛遞之困，吾不知何所抵止而後已也。

按：《真定府靈壽縣志》内開本縣驛傳馬驢牛頭舊規，令三户朋當一頭，每頭多者賠銀四五百兩，少亦不下四五十兩。賣兒鬻女傾家破産者相繼。嘉靖元年，巡撫周都御史建議，將各縣驛傳錢糧通融算計，征銀解府，發各驛募人應當。至今真、保、河、順、廣、大六府通行，民甚稱便。驛遞之困，賴以少蘇。然順天、永平事體與真定大略相同也，胡不可例而行之哉？今以通州潞

河水馬驛計之，上中下馬二十六匹，該糧七千七百石，驢八十九頭，該糧四千四百五十石，站船水夫一百二十名，該糧五千四百石，共糧一萬七千五百五十石，□□□□千零二十兩。又有通州左等五衛貼站軍夫銀三十九兩六錢，大名等府水夫銀三百三十六兩，南馬銀二百九十四兩，連前共銀可得七千六百八十九兩六錢，此一驛一年額設也。然以逐日應付，截長補短通融計之，每一日用馬驢大約不過七十匹頭，該銀七兩，每月該用銀二百一十兩，一年則用銀二千五百二十兩

矣。水夫一名一月該銀一兩，一年一名該銀一十二兩，則一百二十名一年共該銀一千五百六十兩矣。通水陸所用而計之，一年總用銀四千八十兩也，尚餘銀三千六百零九兩六錢。此但就一日應付多者而例論之，其事簡費省之日亦多，則一年所餘尚不止此也。即是而觀，則征銀顧募之事，鑿鑿可行也。蓋以人應役，則日隨所值，而費省不均，其無名之費且多，真有偏累因而破家者。以銀募□，則隨繁任簡，散用而總計之，事適均平，公私咸不負累，而無名需費且□□□□□□□□□□□各務及時而出納之□比，須有專職，誠可常久通行之良法也。敢以告之當事者。

通州志略卷之四終

　　郡人楊行中纂輯

官紀志

古今設官分職，凡以爲民極也。在一方則致治有文，防亂有武，與夫卑官末秩，厥所建置，罔非爲事爲民。至如節使駐臨，寔爲地方增重。并用録之，爲官紀志。

額置

州

知州一員，同知一員，判官三員，（一管糧，一管馬，一管柴。正德間革去一員管柴，今止二員。）吏目一員，司吏一十一名，典吏二十三名。

儒學學正一員，訓導三員，生員廩膳三十名，增廣三十名，附學（無定數。）司吏一名。潞河水馬驛：驛丞一員，驛吏一名。和合驛：驛丞一員，驛吏一名。遞運所：大使一員，司吏一名。張家灣巡檢司：巡檢一員，司吏一名。弘仁橋巡檢司：巡檢一員，司吏一名。税課局：大使一員，攢典一名。通濟庫：大使一員。（今□）陰陽學：典術一員。醫學：典科一員。僧正司：僧正一員。道正司：道正一員。

三河縣

知縣一員，縣丞一員，主簿二員，（一管糧一管□）典史一員，司吏二十名，典吏十八名。儒學教諭一員，訓導二員，生員廩膳二十名，增廣生二十名，附學，（無定數。）司吏一名。三河驛：驛丞一員，驛吏一名。遞運所：大使一員，司吏一名。夏店巡檢司：巡檢一員，司吏一名。陰陽學：訓術一員。醫學：訓科一員。僧會司：僧會一員。道會司：道會一員。

武清縣

知縣一員，縣丞一員，主簿一員，典史一員，司吏八名，典吏十八名。儒學教諭一員，訓導二

員，生員廩膳二十名，增廣二十名，附學，（無定數。）司吏一名。河西水驛：驛丞一員，驛吏一名。河西務巡檢司：巡檢一員，司吏一名。河西稅課局：大使一員，攢典一名。楊村驛：驛丞一員，驛吏一名。楊青驛：驛丞一員，驛吏一名。楊青遞運所：大使一員，司吏一名。小直沽巡檢司：巡檢一員，司吏一名。陰陽學：訓術一員。醫學：訓科一員。僧會司：僧會一員。道會司：道會一員。

漷縣

知縣一員，主簿一員，典史一員，司吏四名，典吏九名。儒學教諭一員，訓導二員，生員廩膳二十名，增廣二十名，附學，（無定數。）司吏一名。楊村巡檢司：巡檢一員，司吏一名。楊村遞運所：大使一員，司吏一名。陰陽學：訓術一員。醫學：訓科一員。僧會司：僧會一員。道會司：道會一員。

寶坻縣

知縣一員，縣丞一員，主簿一員，典史一員，

司吏八名，典吏十五名。儒學教諭一員，訓導二員，生員廩膳二十名，增廣二十名，附學，（無定數。）司吏一名。蘆臺巡檢司：巡檢一員，司吏一名。陰陽學：訓術一員。醫學：訓科一員。僧會司：僧會一員。道會司：道會一員。

守令

州治舊無題名記，而舊牒故牘，亦多散失。元以前，稽之載籍，僅得幾人。國朝自成化以前，即漫無可考矣。今雖訪有可知者，而宦迹亦多未悉，姑録之以俟。

州知州 遼以前爲潞縣。

漢

吴漢，字子顔，南陽宛人也。王莽末，以販馬自業，往來燕薊間，所至皆交結豪杰。更始立，使者韓鴻徇河北，召見漢，甚悦之，遂承制拜爲安樂令。安樂故城在潞縣，今并省入州。

金

完顔守能，大定間通州刺史。

郭邦傑，〔注一〕大定間通州刺史。爲總賑貸事奪俸三月。

張行信，泰和間通州刺史。□□□船自通州入閘，凡十餘日方至京師，而官支五日轉脚之費，遂增給之。

趙居禮，大德間通州知州，修建學校。

趙義，天曆間通州知州，能禦敵，賜幣二匹。

張伯達，其先渤海人。父琛徙居通州，遂家焉。伯達從忽都忽那顔略地燕薊。忽都忽承制，以伯達爲通州節度判官，遂知通州。

國朝

韓約，見名宦。

〔注一〕「郭邦」二字原不清，據《金史》補。

方伯大，永樂間由監生任，重修州治。
王琬，陝西人。由監生任。
王瑀，直隸松江府人。由監生任。
楊衡，山西岢嵐州人。正統間任，升順天府治中。
李經，江西人。
章瓚。
夏昂，浙江餘姚縣人。景泰間任，修州治。
丁選，陝西人。
胡應先，湖廣麻城縣人。由舉人任。

盧遂，浙江金華縣人。由舉人任。
何源，見名宦。
孫禮，山東鄆城縣人。由舉人成化間任。
傅皓，見名宦。
柳大林。
智聰，山西清源縣人。由舉人任。
邵蕡，見名宦。
葛洪，見名宦。
邓淳，見名宦。
葉清，見名宦。

嚴端，山西人。由歲貢監生，正德初，先任本州同知，升任。

楊濬，山西忻州人。由舉人正德間任，剛明有爲。升湖廣鄖陽府同知。

劉澤，陝西人。由舉人正德間任，未久，以制去。

堅晟，陝西秦州衛人。由例貢監生先任博平縣丞，升蘇州知州，以才堪繁劇調任。

陳溥，江西樂安縣人。由舉人先任永平府灤州知州，正德十二年，調任，升府同知。

王稷，蘇州府太倉州人。由舉人□□□□□□□□□。

劉繹，見名宦。

張舜舉，山西人。由舉人嘉靖二年任。

詩仁，山東蓬萊縣人。由舉人嘉靖三年任。有爲有守，爲奸猾誣構罷。

曹俊，見名宦。

霍淮，見名宦。

吳瑩卿，浙江杭州府人。由舉人先任江西饒州府推官，嘉靖十二年升任。

［注一］「劉昪」至「邵龍」。原稿與前後刻版字迹不一致，當是補刻。

張旆，山東長清縣人。由舉人嘉靖十年任，忠厚愛民，民不忍欺，調陝西磁州，升長史。

高桂，高郵州人。由舉人嘉靖十七年任。

麻强，河南人。由例貢監生先任玉田縣知縣，嘉靖十八年升任。

韓瓚，山西人。由舉人任教職，累升濟寧州知州，嘉靖十八年，以丁憂起復補任。

蔡椿，遼東定遼衛人。由舉人先任山西絳縣知縣。嘉靖二十二年升任，守己愛民，調昌平州。

汪有執，字弘甫，別號東明，廣東瓊州府海南

衛人。由舉人先任揚州府海門縣知縣。嘉靖二十四年升任。

劉昪，［注二］江西高安縣人。由舉人二十七年任。

詹贄，江西玉山縣人。由舉人二十八年任。

陳宗武，湖廣靖州衛人。由舉人二十九年任。

劉堤，陝西興平縣人。由舉人三十二年任，升員外。

明善，湖廣麻城縣人。由舉人三十六年任。

强自省，陝西鳳翔縣人。由舉人三十七年任。

李蘊東，山東堂邑縣人。由舉人三十七年任。

楊動之，山西遼州人。由舉人三十八年任。

韓寧，山西陽曲縣人。由舉人三十九年任。

張守中，山西聞喜縣人。由舉人四十一年任。升密雲道僉事。

錢進學，山東萊州衛人。由舉人四十三年任，升員外。

劉耀武，遼東定遼右衛人。由舉人四十五年任。升河間府同知，管州事。

邵寵，山西河津縣人。由舉人萬曆七年任。

同知

沈義，成化間任。

葛洪，見知州。

嚴端，見知州。

招宗順，廣東人。

董復勝，見名宦。

丁谷，揚州府江都縣人。由吏員嘉靖十一年

任。

鄧仲仁。

王學，嘉靖十年任。

陳元謨。

馬文翰。

陳昶，湖廣人。由監生嘉靖間任。升陝西慶陽府判。

趙誠，陝西人。由吏員任京衛經歷，嘉靖二十三年升任。

張仁，字賢任，別號一川，湖廣鄖陽府上津縣人。由吏員任京衛經歷，嘉靖二十五年升任。

判官

高興，成化間任。

方拱，成化間任。

盧太，成化間任。

陳讓，成化間任。

趙潤，正德間任。

石學，正德間任。

廖啓鉉，江西人。由監生正德間任。

林渠，福建人。由舉人先任知縣，正德間謫

任。
李端，正德間任。
盧林，正德間任。
馬汝，徐州人。由監生嘉靖間任。
陳世傑，嘉靖間任。
樊世聰，嘉靖間任。
匡振之，嘉靖間任。
姚欽，嘉靖間任。
趙儒，陝西三原縣人。由監生嘉靖間任，管馬。
平易愛民，升香河縣知縣。

舒中蘊，廣東人。由監生嘉靖間任，管馬。
阮珊，見名宦。
吴璁，江西人。由進士知縣，嘉靖二十四年謫任，尋升南京國子監博士。
張鏊，鎮江人。由吏員嘉靖間任，管馬。
金時翔，浙江金華縣人。監生，三十九年任。
邵元善，貴州普安縣人。舉人，四十一年謫任。
汪朋，直隸婺源縣人。監生，四十二年任。
喻鎮，江西泰和縣人。吏員，四十三年任。

戴慶，直隸寶應縣人。監生，隆慶元年任。
暢汝辦，山西萬泉縣人。歲貢，隆慶五年任。
姚世英，浙江仁和縣人。吏員，萬曆元年任。
徐可大，河南衛輝府人。舉人，萬曆三年任。
梁林，山西絳州人。監生，萬曆五年任。
沈載庸，直隸五河縣人。歲貢，萬曆七年任。
熊烺
趙聯璧
孫應溪
胡懌

邵光庭
郭廷皋
萬智
金汝錡
馬可教，陝西延川縣人。選貢，萬曆三十六年任，四十年八月内升四川東川府通判。
施天爵，南直隸廣德州人。監生，二十五年任。
吳仁，蘇州府長洲縣人。恩生，二十五年謫任。

王仲禄，陝西富平縣人。吏員，二十七年任。
翟堅，直隸涇縣人。
胡志忠，陝西白水縣人。
楊以誠，江西分宜縣人。由進士。
汪希賢，江西進賢縣人。
金球，浙江山西縣人。監生。
應鑌，浙江永康縣人。監生。
耿介，山東人。
梁紀，山西廣靈縣人。
張時相，四川人。吏員。

侯來聘。
井宏，河南洛陽縣人。吏員，四十二年任。
路進忠，陝西富平縣人。吏員，隆慶元年任。
陸通江，山西蔚州人。歲貢，隆慶三年任。
吉大用，河南輝縣人。由吏員隆慶四年任。
查德，南直隸涇縣人。監生，隆慶六年任。
葉德恭，浙江迷昌縣人。歲貢，萬曆二年任。
李承寵。
郝璧，陝西人。
馮廷璞，廣東南海縣人。

任龍，河南鈞州人。吏員。

韓邦傑，山東膠州人。監生。

張守業，山西蔚州人。監生。

郭汝翼，山西隰州人。監生。

李貴，山東館陶縣人。吏員，隆慶二年任。

孫應詔，山東長小縣人。〔注一〕監生，隆慶五年任。

王一麟，山東曹州人。監生，萬曆二年任。

李應詔，山西高平縣人。監生，萬曆五年任。〔注二〕

吏目

賈志，成化間任。

梅瑄，山東威德衛人。弘治間任。

梁忠，山東人。正德間任。

姬麒，正德間任。

張奇，山西人。由監生嘉靖間任。

張欒，山東人。由監生嘉靖間任。

趙孟，山西人。由監生嘉靖間任。

汪相，直隸貴池縣人。由監生嘉靖間任。

王來問，嘉靖間任。

惠心，河南陳州人。由監生嘉靖間任。

〔注一〕「小」，疑爲「山」之誤。山東無長小縣，有長山縣，在濟南府。

〔注二〕自「金時翔」至「李應詔」爲補刊。

喬應武，陝西成縣人。由監生嘉靖間任。

師儒

學正

李公達，洪武間任。

劉畯，正統元年任。

袁忠，正統十二年任。

崔瑄，山東膠州人。由舉人成化二十一年任。

逯鼒，山東章丘縣人。由舉人弘治九年任。

洪異，見名宦。

蔣裕，徐州人。由監生正德八年任。

薛瑞，淮安人。正德間任。

袁秦，蘇州人。由舉人嘉靖三年任。

程式，山西太原縣人。由舉人嘉靖間任。

連儒，山西潞安府人。由監生嘉靖間任。

程策，福建甌寧縣人。由監生嘉靖二十年任。

趙光，河南人。由監生嘉靖間任。

張應瑞，字元和，别號洛濱，河南陳州人。由監生先任山東濱州儒學訓導，嘉靖二十四年升任。

訓導

田耘，洪武十年任。

錢濟，正統元年任。

田寧，正統元年任。

張安，正統十二年任。

周子在，正統十二年任。

楊明，成化二十一年任。

郭名世，山西安邑縣人。由舉人弘治九年任。

邵英，浙江東陽縣人。由監生弘治間任。

葉萱，浙江山陰縣人。由監生弘治間任。

李進，山東曹縣人。由監生弘治十六年任。

鄭遇，山西陽曲縣人。由監生弘治間任。

馬駉，山西安邑縣人。由監生弘治間任。

郭秩，河南洛陽縣人。由監生，能詩，解草書，正德間任。

孫冕，見名宦。

李杰，河南歸德州人。由監生正德間任。

王賢，山西河津縣人。由監生正德間任。

黃寶，江西人。由監生嘉靖三年任。

趙澄，河南祥符縣人。由監生嘉靖三年任。

管九雲，山東人。由監生嘉靖間任。

廉濟，山西人。由監生嘉靖十年任。

萬瑛，山西人。由監生嘉靖十年任。

張綸，河南鈞州人。由監生嘉靖十年任。

趙鸞，河南唐縣人。由監生嘉靖二十年任。

方冕，山東德州人。由監生嘉靖二十年任。

何世熙，陝西麟遊县人。由監生嘉靖二十年任。

劉從諫，字信臣，別號敬軒，陝西渭南縣人。由監生嘉靖二十二年任。

鞏有年，字天與，別號忍齋，陝西鳳翔府人。由監生嘉靖二十三年任。

王宧，陝西興平縣人。由監生嘉靖二十六年任。

轄屬

張家灣巡檢司巡檢閻文昇，山東濮州人，嘉靖間任。

弘仁橋巡檢司巡檢趙璧，山西山陰縣人，嘉

靖間任。

遞運所大使賈仁，弘治間任。

時廷珪，陝西華州人。有幹才，嘉靖間任。

稅課局大使張九成，山西渾源州人。成化初任時，有權要販私茶匿稅，九成竟正以法。後以老辭任。遂籍在京騰驤衛，因家焉。知府子衷，其孫也。

孫圓，山東蓬萊縣人。嘉靖間任。

邢景榮，山東黄縣人。嘉靖間任。

潞河水馬驛驛丞王璽，山西人。弘治間任。

孫志貴，山東德州人。正德間任。

劉景潮，山西蔚州人。嘉靖間任。

和合驛驛丞王世勛，河南儀封縣人。嘉靖間任。

通流閘閘官楊興，本州民，天順間任。都御史行中曾伯祖。

楊義，興之子，成化間任。

崔鸞，山東聊城縣人。嘉靖間任。

陰陽學典術楊俊，閘官興之孫，弘治間任。

周楘，本州民。正德間任。

侯宗儒，本州民。嘉靖間任。
醫學典科金勝，本州民。弘治間任。
三河縣
守令
知縣
金
蒲察，泰和間任。
元
張塘，見名宦。
劉鐸，大德間任。

國朝
楊蕃，見名宦。
孫理，正統間任。
盧毅，景泰間任。
吴賢，由舉人。
唐正，由舉人。
馬聰，由舉人。
張鳴鳳，由進士。
楊□，山西人。由舉人弘治間任。
郭寅，山西人。由監生正德間任。

王朝璽，陝西人。丁丑進士，正德間任。
王輗，山東人。由監生，正德間任。
陳皋謨，振武衛人。辛巳進士，嘉靖初任。
寬厚愛民，政平訟理，升給事中。
孫廷相，見名宦。
張守介，陝西人。由舉人嘉靖間任。
王相，山東人。由監生嘉靖間任。
蔡列，江西人。由監生嘉靖間任。
鮑德，山西人。由舉人嘉靖間任。
姚欽，遼東人。由監生嘉靖間任。

申珙，山西人。由監生嘉靖間任。
王元德，山東人。由監生嘉靖間任。
張仁，山東平原縣人。由舉人嘉靖間任。

縣丞

張翌
白鑄，山西人。
姚昂，遼東人。
閻誠
何守例
毛録

王邦儒，廣西人。由監生。

主簿

□錡，山東人。

趙鈥。

徐宣，餘姚人。

王應箕，餘姚人。

□□□□□人。□□□□□□□□人。

□□□□□人，由監生。

李拱辰，陝西人。由監生。

典史

□堂。

王來。

魏輔。

田深，陝西人。

李木，浙江仁和縣人。

師儒

教諭

何江，羅山縣人。正德間任。

王鉉，大同人。

李江，河南人。正德間任。

甯珙，福建人。

張紳，山東曲阜縣人。

連壽昌，樂安縣人。

宋應元，浙江錢塘縣人。

孫廣譽，山東臨朐縣人。

張祚，山東觀城縣人。

訓導

李景，陝西人。

景和，陝西人。

冀文獻，漢陽縣人。

李思廉，鄒縣人。

吴道，新鄭縣人。

劉綱，朔州人。

劉鰲，息縣人。

李盛，青城縣人。

李時鱗，臨汾州人。

王致和，掖縣人。

劉思□，歸德州人。

劉希契，武城縣人，有文學。

武清縣

守令

知縣

國朝

謝榮，洪武間任。

趙宗章，洪武間任。建學校，修壇社。

蔣庸，永樂間任。

郭良，見名宦。

趙公輔，遷學校於縣治之南。

張鑑，成化間任。重修學校。

韓倫，陝西朝邑縣人。由舉人成化間任。丙午，鄰縣蝗，獨不入武清境，忽七月二十一日，蝗大至。倫乃禱之，蝗即徑過，不害禾，縣人奇之。

陳希文，海南人。正德間任，始創土城墻垣。

王大章，陝西人。由監生嘉靖十一年任。

黄世隆，河南蘭陽縣人。由舉人嘉靖間任。

沈文冕，廣東順德縣人。由舉人嘉靖二十二年任。

郭津，山東濟寧州人。由舉人嘉靖二十三年任。

縣丞

程均張，洪武初任，修縣治。

陶銓，正統間任。
游綬，河南固始縣人。由監生成化間任。
蕭鳴，陝西麟遊县人。由監生成化間任。

主簿

周冕，陝西隴西縣人。由監生成化間任。
高深，山東人。由監生成化間任。

典史

欒翔，山東曹州人。由吏員成化間任。

師儒

教諭

高福，湖廣人。由監生成化間任。
牛俊，見名宦。
師教。
劉瑾。
武尚忠。
周福。
高福。

訓導

趙嵩，直隸興化縣人。由監生成化間任。
吴欽，山東平山衛人。由監生成化間任。

阮文隕。

柴錦。

李庇。

孫實。

□□

元禾。

陳仁。

漷縣

守令

元

黄宗信，漷州知州。

楊思賢，見名宦。

李惟正，漷州吏目。

國朝

知縣

王文，見名宦。

賈貞，見名宦。

陳清。

賀登。

傅傑，見名宦。

陰縉，滎陽人。多所修造，作興學校。升曹州知州。

張合明。

郭枚，定襄人。

劉琳，河南人。

師文，陝西人。在任公廉正直，卒於官，囊篋無治棺之資。

王宣，大同人。由舉人。公正廉明，□舉法度作□□□□升保定府通判。

□□□□人。

曹琰，陝西人。

楊濟，石州人。

馬新民，直隸江都縣人。由監生嘉靖四年任。

梁相，廣東番禺縣人。由舉人嘉靖二十五年任。

主簿

王瓛。

郝敬。

方敔。

杜遠，河南人。

劉釗，河南人。
李廷璽，嵩嵐州人。
于漯，陝西人。
張昱，鄒縣人。
邢美，臨清州人。
玉鑾。
蔣克家，高唐州人。
朱玫，陝西人。
徐文敬，分水縣人。

典史

顧鏡。
趙璉，山東人。
盧俊，山東人。
王習。
張釗，潁上縣人。
楊瑶，番禺縣人。
王崇德，桐城縣人。

師儒

國朝

教諭

楊溥。

羅恭。

寶坻縣

守令

縣丞

金

李愿，忠武校尉，大定十二年任。

國朝

程彥名，洪武間任。

柳青，見名宦。

郭瑗，宣德間任。

胡佐，天順間任。

郭宜，成化間任。

廖鏞，陝西藺縣人。成化間任。

歐文，湖廣人。成化間任。

李温，山東齊東縣人。弘治間任。

舒鏜，江西人。弘治間任。

董昂，揚州江都縣人，弘治間任。

主簿

金

李拱昌，儒林郎，大定十二年任。

元

耿德昭，至正間任。

郭伯顔不花，至正間任。

國朝

陳愷，宣德間任。

朱賢，河南人。景泰間任。

高順，天順間任。

何良，山東人。天順間任。

韓永定，山西蒲州人。成化間任。

□□，河南光山縣人。由監生成化間任。

邊泰，山西大同人。由監生成化間任。

張正，山西曲沃縣人。由監生成化間任。

石璡，陝西鳳縣人。由監生成化間任。

曹璘，山東人。由監生成化間任。

張真，山東人。由吏員成化間任。

冀良，山東博平縣人。由監生弘治間任。

典史

元

張希恭，至正間任。

國朝

白福，天順間任。

趙註，成化間任。

劉慶，山東海豐縣人。由吏員成化間任。

解玩，山東萊陽縣人。由吏員弘治間任。

賈鑣，山西太原縣人。由吏員弘治間任。

師儒

教諭

元

毛柔，至正間任。

國朝

趙孝先，浙江臨海縣人。

高惪，蘇州府人。由舉人。

韓昭，河南新安縣人。由舉人。

孫龍，浙江山陰縣人。由舉人。

陳瑞，蘇州府嘉定縣人。由儒士。

劉嶽，山東昌樂縣人。由監生。

張經，四川涪州人。由舉人。

王琦，揚州興化縣人。由舉人。

齊濟周，山東濱州人。由舉人。

訓導

滕維，洪武間任。

白信，洪武間任。

高才，宣德間任。

董潛，天順間任。

李樂，成化間任。

汪崑，成化間任。

張廉，山東人。成化間任。

趙胥，鳳陽人。成化間任。

張本，山西人。成化間任。

蔡淵，浙江人。弘治間任。

吴雲昂，河南人。弘治間任。

吕昂，浙江人。弘治間任。

歐陽源，江西人。弘治間任。

錢冕，浙江人。弘治十二年任。

韓櫝，六安州人。弘治十四年任。

通州志略卷之五終